Juliane Loydold

Freue dich deines Lebens
Es ist schon später als du denkst

AF286245

Juliane Loydold, geboren 1949 in Bayern, aufgewachsen in Wien und Niederösterreich, seit 1977 verheiratet, Mutter zweier Kinder, Großmutter von zwei Enkelkindern, seit 1982 wohnhaft in Kottingbrunn, hat im Jahr 1987 ihr erstes Werk, ein Märchenbuch, im Eigenverlag herausgegeben. Seither hat sie auf Lesungen in Kindergarten, Schule und auf Adventveranstaltungen ihre selbstverfassten Märchen und Fabeln, Gedichte, Mundartgedichte und auch Lyrik vorgetragen.

Mit vorliegendem Buch wagt sie sich erstmalig mit einer Teilbiographie an die Öffentlichkeit.

Juliane Loydold

Freue dich deines Lebens

Es ist schon später als du denkst

1. Auflage Jänner 2012

© 2012 Juliane Loydold

Haikus: Juliane Loydold
Satz und Layout: Andreas Loydold
Fotobearbeitung und Umschlaggestaltung: Andreas Loydold
Lektorat: OStR. Prof. Mag. Ingrid Natterer
Herstellung und Verlag: BoD - Books on Demand, Norderstedt

ISBN 978-3-8448-0884-1

Inhalt

Vorwort 7

Einleitung 9

Meine Mutter 15

So fing es an 21

Die nächste Phase 27

Der Schock 31

Die Entscheidung 35

Aller Anfang ist schwer 39

Beim Zahnarzt 43

Episode auf dem Bahnhof 47

Im Rollettmuseum 51

Badefreuden 55

Tante Marta 59

Besuch bei meinen Schwiegereltern 63

Die Ausreißerin 67

Über den Zaun 71

Erlebnis auf der Mödlinger Burg 75

Bei der Fußpflege 79

Das Wickelkind 83

Eine zusätzliche Betreuerin 87

Die Haarpflege 91

Schon wieder Zahnprobleme 95

Weihnachten im Familienkreis 99

Im Krankenhaus 103

Rückkehr nach Baden 107

Nachsatz 109

Vorwort

Das vorliegende Buch „Freue dich deines Lebens - Es ist schon später als du denkst" hatte ich als Manuskript schon seit vielen Jahren in der Lade. Nach abgeschlossener Erziehung meiner Kinder und Beendigung meiner Berufstätigkeit habe ich endlich wieder Zeit gefunden, mich mit der Aufarbeitung eines Lebensabschnittes zu befassen, in dem ich gemeinsam mit meiner Familie die letzten fünf Jahre meine an Alzheimer erkrankte Mutter begleiten durfte.

Was den Titel des Buches – ein alter Spruch, den ich gegen Lebensende meines Vaters in einem kritischen Moment von mir gab – anbelangt, so zogen sich diese Worte, die ich damals tief bereute, wie ein Mahnmal durch mein ganzes Leben.

Die Haikus am Anfang jedes Kapitels stellen eine Kurzfassung meines Leitgedankens der nachfolgenden Geschichten dar. Das Haiku ist eine japanische Gedichtform, bestehend aus drei Zeilen mit jeweils fünf, sieben und fünf Silben.

Ich habe mich bemüht, meine Erinnerungen und meine Gefühle authentisch wiederzugeben und würde mich freuen, wenn dieses Werk den Lesern, die mit einer ähnlichen Situation konfrontiert sind oder werden, ein wenig weiterhilft.

dein Unterbewusstsein
spricht manchmal durch deinen Mund
du kannst nichts dafür

Freue dich deines Lebens -
Es ist schon später als du denkst.

Einleitung

Dieser Spruch ist für mich ein Leitfaden meines Lebens geworden, ich verwendete ihn erstmalig am 10. Oktober 1971. Es war ein warmer sonniger Sonntag im Spätherbst, als meine Eltern und ich auf die Hohe Wand, einem nahe gelegenen Berg, fuhren, um eine nette kleine Wanderung durch den Herbstwald zu machen. Die Luft war mild, die Vögel zwitscherten, die Wege waren bequem, es war ein angenehmer Tag um zu entspannen und die Seele baumeln zu lassen. Dieser Ausflug war ein Wunsch meines Vaters, der zwei Wochen zuvor von seinem Erholungsaufenthalt zurückgekehrt war.

Ich muss vorausschicken, dass mein Vater, damals im dreiundsechzigsten Lebensjahr, schon immer Herzprobleme hatte. Seinen ersten Herzinfarkt hatte er bereits im Jahre 1956, den er dank sofortiger Hilfe und großer Selbstdisziplin knapp überlebte. Er war zeit seines Lebens ein starker Raucher, hatte aber nach dem schweren Herzinfarkt von einem Tag zum anderen das Rauchen aufgegeben. Im Jahre 1968 folgte dann ein Gehirnschlag, von dem er sich sehr langsam erholte. Er hatte dann auch noch mehrere Thrombosen an den Beinen, die sehr schmerzhaft und auch lebensbedrohlich waren.

Sein körperlicher Zustand machte es erforderlich, im Jahre 1968 in Frühpension zu gehen. Meine Mutter arbeitete ganztags in einem Supermarkt, mein Bruder war bereits ausgezogen, und auch ich war täglich acht Stunden im

Büro tätig. Somit war mein Vater tagsüber alleine zuhause, konnte sich aber nicht wirklich entspannen, das ließ sein Temperament nicht zu. Anstatt leiser zu treten, widmete er sich intensiv unserem Garten. Er verrichtete jedoch keine gesunde, gemächliche Gartenarbeit, sondern begann, eine Hundehütte aus Ziegeln zu bauen, eine Holzhütte war ihm einfach zu wenig. Dann legte er einen Swimmingpool an und grub den Rasen um. Mit anderen Worten, er tat alles, was der Arzt ihm strengstens verboten hatte.

Auch Autofahren hatte ihm der Hausarzt untersagt, denn jede plötzliche Gefahrensituation kann bei einem Herzkranken einen Infarkt auslösen. Als er sich einen neuen Zahnersatz anpassen ließ und gezwungen war, zwei Wochen zuhause zu bleiben, fuhr er trotzdem mit dem Auto etwa dreißig Kilometer bis ins Zentrum Wiens, um sich im Fachhandel eine komplette Malausrüstung mit Staffelei, Leinwänden, Ölfarben, Qualitätspinseln und anderen Utensilien zu kaufen. Dann allerdings blieb er brav daheim und begann, autodidaktisch wunderschöne Bilder zu malen. Mein Vater war ein Naturtalent: Was er anfasste, gelang ihm und wurde zum Kunstwerk. So war jedes Bild, das er malte, für ihn ein Abenteuer, es entspannte ihn nicht, es regte ihn auf.

Meine Mutter machte sich große Sorgen um ihn, da sie nicht wusste, was meinem Vater sonst noch alles einfiel, wenn er alleine zuhause war. Sie wollte sich mehr um ihn kümmern können, deshalb schloss sie mit ihrer Arbeitsstelle einen Teilzeitvertrag ab. Finanziell war dies möglich, da wir Kinder schon erwachsen waren und uns selbst versorgen konnten. Der erste Arbeitstag, an dem sie ab Mittag zuhause sein konnte, war für den 11. Oktober 1971 ausgemacht.

Da mein Vater in immer kürzeren Abständen Schwächeanfälle bekam, schickte ihn sein Hausarzt Anfang

September 1971 für drei Wochen auf Erholung nach Hocheck, ein Rehabilitationszentrum, das auf Herzkrankheiten spezialisiert ist. Er erholte sich dort prächtig, kam gut gelaunt und rotwangig zurück, und wir waren wieder hoffnungsvoll. Er hatte sich dort brav an alle Bewegungs- und Ruhevorschriften gehalten – er wollte leben.

Mein Vater und ich, 1970

Zurück zu unserer Wanderung am 10. Oktober 1971: Wir spazierten an diesem herrlichen Sonntagnachmittag durch den schönen Herbstwald – aber mein Vater war missmutig. Er setzte sich auf einen Baumstrunk und nörgelte über Gott und die Welt. Das nervte mich, und ich sagte zu ihm den Satz, den ich zeitlebens nicht mehr vergessen konnte:

Freue dich deines Lebens - es ist schon später als du denkst.

Am nächsten Tag, es war der 11. Oktober 1971, meine Mutter hatte das erste Mal mittags Dienstschluss, kam ihr tränenerstickter Anruf: „Papa ist gerade gestorben, in meinen Armen". Wie ein Blitz aus heiterem Himmel traf mich diese Nachricht und schon stellten sich bei mir Schuldgefühle ein: War mein Spruch eine Vorahnung? War es einfach nur eine Wichtigtuerei von mir? Wie auch immer, ich bereute zutiefst, diesen Satz gesagt zu haben, denn er hatte sich zu schnell bewahrheitet.

Meine Mutter ließ meinen Vater zur Wiederbelebung ins Krankenhaus bringen, doch es war zu spät, er hatte sein Leben bereits in den Armen meiner Mutter ausgehaucht. So kam es, dass ich meinen Vater nicht mehr gesehen habe, einerseits eine Erleichterung für mich, denn ich hatte noch nie einen toten Menschen gesehen, andererseits fehlte mir der Abschluss. Ich habe meinen Vater noch jahrelang im Traum lebend gesehen, wahrscheinlich hatte er sich so von mir verabschiedet.

Heute, nach vierzig Jahren, denke ich über den Spruch „Freue dich deines Lebens - es ist schon später als du denkst" ein wenig anders. Er ist ein Leitfaden meines Lebens geworden, den ich auch auf die letzten Lebensjahre meiner Mutter münzen konnte, die ich in diesem Buch beschreiben möchte.

deinem Schicksal
kannst du nicht entrinnen
es kreuzt deinen Weg

Meine Mutter

Meine Mutter hatte versucht, durch einen Teilzeitvertrag mit ihrer Arbeitsstelle sich für meinen Vater mehr Zeit zu nehmen in der Hoffnung, ihm dadurch sein Leben zu verlängern, doch es war zu spät – sie wurde mit achtundvierzig Jahren Witwe.

Mein Bruder war schon seit einigen Jahren ausgezogen und so bemühte ich mich, das Loch, in das sie fiel, mit viel Liebe und Engagement auszufüllen. Ich schleppte sie von einer Veranstaltung zur anderen. Ich machte mit ihr Ausflüge und Reisen, organisierte Tupper- und Kosmetik-Partys, um Kontakte mit anderen Frauen herzustellen, kurz, ich ließ es nicht zu, dass sie sich zurückzog, um ihre Wunden zu lecken.

Seit ich denken kann hatten wir immer Hunde zuhause. Zuerst waren es zwei Schäfermischlinge, die aber beide nicht sehr alt wurden. Dann brachte mein Vater von einer Reise einen reinrassigen Schäferhund namens Prinz mit, ein wunderbares edles Tier, das ein Lebensalter von acht Jahren erreichte. Prinz starb noch, bevor mein Vater diese Welt verließ.

Schließlich holte meine Mutter sich aus dem Tierasyl Rolf, einen wunderschönen Schäfer-Collie-Mischling, der sehr dankbar und glücklich über sein neues Zuhause war. Bedauerlicherweise war Rolf auch verhaltensgestört – wahrscheinlich hatte er ein trauriges Vorleben. Er war daher besonders anhänglich aber auch schwierig und unberechenbar. Wie auch immer, Rolf brauchte seinen täglichen Auslauf und das bei jedem Wetter.

Das war sehr wichtig für meine Mutter, denn es gibt nichts Besseres für einen Menschen, als Bewegung in der frischen Luft. Außerdem war ein Haustier immer schon ein guter Trostspender, Rolf gab meiner Mutter das Gefühl, gebraucht zu werden. Leider wurde auch er nicht alt, mit sechs Jahren bekam er Darmkrebs und verschied qualvoll. Als meine Mutter Rolf aus dem Tierasyl geholt hatte, war er bereits drei Jahre alt. Mit anderen Worten, Rolf konnte nur drei Jahre die liebevolle Fürsorge meiner Mutter genießen, er starb zwei Jahre nach Vaters Tod.

Ein Jahr nach Vaters Ableben heiratete mein Bruder und zog für die Zeit, bis seine Wohnung in Wien fertig gestellt war, wieder in unser Haus. Dann wurde es erneut stiller im Haus meiner Mutter. Bald darauf fand auch ich meinen Lebenspartner und übersiedelte zwei Jahre nach meiner Heirat nach Baden südlich von Wien, sechzig Kilometer entfernt von meiner Mutter. Nun begann die Zeit, wo meine Mutter wirklich ganz alleine im Haus war. Sie hatte zwar noch zwei Freundinnen, die hie und da zu Besuch kamen, aber dann kam der Zeitpunkt, wo sie sich von der Welt zurückzog und immer mehr abkapselte.

Meine Mutter war immer schon eine gute Köchin gewesen, für ihre bayrische Küche war sie berühmt. Ihre Dampfnudeln, ihr flaumiger Zwetschgentatschi, ihre lockeren Semmelknödeln, damit konnte sie schon so manchen Feinschmecker aus der Reserve locken. Doch für wen sollte sie sich noch stundenlang in die Küche stellen? Für wen lohnte es sich noch, Kirschen und Marillen einzukochen, herrliche Weihnachtskekse zu backen und neue Rezepte auszuprobieren?

Sie gewöhnte sich an Fast-Food aus der Alufolie, ihre Spaziergänge wurden seltener, da kein Hund mehr seinen Auslauf brauchte, ihre Sorgen wurden größer, da niemand mehr da war, der darauf achtete, dass Reparaturen im Haus rechtzeitig vorgenommen wurden. Behördenwege und

Arztbesuche wurden für sie immer mehr zum Problem, ihre Energie ließ gewaltig nach.

Mit 60 Jahren ging sie in Pension, ich hatte inzwischen meine zwei Kinder bekommen und konnte daher nicht mehr so oft nach Kapellerfeld fahren, es war einfach zu mühsam für mich. Doch wenn wir sie besuchten, dann blühte meine Mutter auf. Dann wurde das Haus auf Hochglanz gebracht, der Swimmingpool wurde aktiviert, es gab wieder gute Dampfnudeln in der Küche und die Welt war wieder in Ordnung.

Solange meine Mutter noch im Berufsleben stand, war ihr Geist klar und rege. Sie war nie krank, immer verlässlich, logisch und verantwortungsbewusst, kein Mensch konnte sich vorstellen, dass der Spruch „Freue dich deines Lebens - es ist schon später als du denkst" auch für sie gelten könnte.

Meine Mutter hatte gerne gelacht. Wir hatten viel Spaß miteinander und – auch wenn sie autoritär war – sie war mir jederzeit eine gute Beraterin und Freundin. In früheren Jahren hatten wir nächtelang miteinander geplaudert, ihre Herzensintelligenz war für mich immer eine gute Richtschnur.

Für alle Probleme hatte sie Lösungsvorschläge, und ihre Menschenkenntnis war phänomenal. Wenn ich jemanden kennenlernte und mir nicht sicher war, was mich an diesem Menschen störte, dann stellte ich ihn meiner Mutter vor. Sie konnte mir sofort sagen, worauf ich achten sollte, und so hatte sie mich vor vielen Enttäuschungen bewahrt. Als ich ihr schließlich meinen Lebensmenschen zeigte, konnte sie nichts finden, was an ihm auszusetzen gewesen wäre und mit diesem Mann bin ich nun seit vierunddreißig Jahren glücklich verheiratet.

Mein Mann war beruflich sehr viel auf Reisen, weshalb ich mit meinen beiden Kindern immer sehr gefordert war.

Ich war so verliebt in meine Kinder, dass ich glücklich war, nicht arbeiten gehen zu müssen. Ich nahm den Beruf als Mutter sehr ernst und übernahm mich mit dieser Aufgabe manchmal auch ein wenig.

Jetzt, wo ich selbst zwei Enkelkinder habe und leidenschaftliche Oma bin, tut es mir leid, dass ich meine Kinder nur selten zu den Großmüttern brachte. Meine Mutter lebte sechzig Kilometer weit entfernt, meine Schwiegermutter zwar nur zwanzig Kilometer, doch wollte ich ihr meine Kinder nicht zumuten, da sie zwar sehr lieb und auch noch rüstig, aber doch schon sehr betagt war.

Einmal aber hatte ich das Bedürfnis, in Ruhe das kunsthistorische Museum zu besichtigen. Ich hatte nach dem Tod meines Vaters die Malutensilien übernommen und intensiv zu malen begonnen. So wurde die Kunst ein sehr wichtiger Teil meines Lebens. Ich bat also meine Mutter, einen Tag lang meine beiden Kinder zu beaufsichtigen, damit ich endlich wieder einmal Kunst genießen konnte, denn an den alten Meistern kann man sich stets von neuem orientieren.

Es war ein wunderschöner Sommertag, meine Kinder brachten meine Mutter tüchtig ins Schwitzen und ich genoss die klimatisierten heiligen Hallen des Kunsttempels. Nachdem ich ausreichend Bilder betrachtet hatte, entschied ich spontan, mir auch noch die Schatzkammer anzusehen.

Ich spazierte also vergnügt über den Heldenplatz, als sich mir plötzlich eine fremde Frau in den Weg stellte. Es war eine Roma, ärmlich gekleidet, dunkler Teint, irgendwie unheimlich. Sie fragte mich: „Haben Sie Arbeit für mich?". Nachdem ich verneinte, blickte sie mir fest in die Augen und sprach weiter wie in Trance: „Drei Frauen beneiden Sie. Ihre Mutter hat eine schwere Krankheit in sich.", und ging schnell weiter.

Ich stand wie angewurzelt da. Mein Übermut war wie weggeblasen, diese Frau war für mich wie ein böses Omen. Ich bin kein ängstlicher Mensch, aber in diesem Moment zitterte ich am ganzen Körper. Ich ging dann trotzdem in die Schatzkammer, um mich von dem Schreck zu erholen, aber ich konnte die Ausstellungsstücke nicht mehr genießen. Ich musste ständig daran denken, welche Krankheit meine Mutter wohl in sich tragen könnte.

Die Frau hatte in meinen Augen die Wahrheit gesehen. Die Frauen, die mich beneideten, die gibt es in jedem Leben einer Frau, die waren für mich kein Problem, aber die Krankheit meiner Mutter, die ließ nicht lange auf sich warten – und hier fällt mir wieder der Spruch ein: „Freue dich deines Lebens - es ist schon später als du denkst".

Meine Mutter Ende der sechziger Jahre mit Prinz und Lord

du bist kreativ
und hast tausende Pläne
dir fehlt der Partner

So fing es an

Meine Mutter war bereits ein Jahr in Pension. Sie begann ihre gewonnene Freizeit zu verplanen, ihren lang gehegten Wünschen nachzugehen. Sie reiste nach Rom, Paris, Istanbul, machte in Rumänien eine Ashlan-Kur, um Körper und Geist etwas Gutes zu tun, kurz – sie strotzte vor Energie.

Sie begann, Wandteppiche zu knüpfen, kaufte Farben, um Töpfe zu bemalen und verzierte Blumenkistchen mit selbst gesammelten Muscheln und Mosaiksteinchen. Sie war äußerst kreativ und hatte immer wieder neue Ideen, die sie mir jedes Mal präsentierte, wenn ich mit meinen Kindern zu Besuch kam.

Was sie aber strikt ablehnte, war, sich nach einem neuen Partner oder Freundinnen umzusehen, immerhin war sie mit meinem Vater sechsundzwanzig Jahre glücklich verheiratet gewesen, das hinterlässt seine Spuren. Sie beschäftigte sich viel zu sehr mit sich selbst, um sich an andere Menschen gewöhnen zu können.

Damit sie gesund und beweglich blieb, kaufte sie sich ein Fahrrad, und weil Rolf, ihr letzter Hund, an Darmkrebs gestorben war, hatte sie wieder Sehnsucht nach einem Vierbeiner. Doch diesmal ging sie nicht ins Tierasyl, um mit einem neuen Hund heimzukommen, da war das Risiko, ein krankes oder verhaltensgestörtes Tier zu bekommen, zu groß.

Meine Mutter hatte zwei Freundinnen, mit denen sie öfters zum Heurigen ging. Doch das änderte sich rasch, als ihre Jugendfreundin, die uns durch meine ganze Kindheit begleitet hatte, plötzlich an Brustkrebs starb. Ihre andere Freundin, die Frau ihres Zahnarztes, wurde am Knie operiert und konnte sich nicht mehr so gut fortbewegen.

Meine Mutter musste sie immer abholen und heimbringen, das war ihr mit der Zeit einfach zu mühsam. Daher war auch diese Freundschaft irgendwann einmal Geschichte. So kam es, dass sich meine Mutter immer mehr zurückzog und einkapselte.

Einmal jährlich besuchte sie auch ihre Schwester in Bayern. Meine Mutter war ja geborene Münchnerin und übersiedelte seinerzeit ein Jahr nach ihrer Hochzeit von Karlsfeld bei München nach Wien.

Ich kann mich erinnern, dass wir als Kinder jedes Jahr in den Sommerferien zu unseren Großeltern nach Karlsfeld fuhren, in dieser Zeit konnten meine Eltern besser ihren Geschäften nachgehen, während wir das Leben unserer Großeltern ein wenig durcheinander brachten.

Nachdem meine Großeltern gestorben waren, blieb die einzige Verbindung meiner Mutter zu ihrer früheren Heimat ihre Schwester. Doch die beiden unterschieden sich von Aussehen, Charakter und Lebensart vollkommen. Meine Mutter war klein, stämmig, herzlich, naturverbunden, kritisch und bodenständig, indes ihre Schwester groß, schlank, verträumt, elegant und auch sehr oberflächlich war. Deshalb freute sich meine Mutter auch immer, wenn sie aus Deutschland wieder zurückkehrte, denn die Lebensart und die Überheblichkeit ihrer Schwester in Bayern sagten ihr nicht besonders zu.

Meine Mutter hatte auch eine wunderschöne Handschrift. Ich habe noch Ansichtskarten von ihr, die ich mir immer wieder hervorhole. Ihre Schrift war so schön, dass sie sogar meine Kinder mühelos lesen konnten. Das war in meiner Kindheit ein Problem für mich, denn ich hatte schon immer eine Klaue. Ich musste damals so manche Hausübung noch einmal schreiben, da meine Handschrift der Kritik meiner Mutter nie standhielt.

Eines Tages, als ich wieder in Kapellerfeld zu Besuch war, überraschte mich meine Mutter mit der Bitte um alte Volksschulhefte und –Bücher meiner Tochter, da sie schreiben üben wollte. Ich verstand nicht, worauf sie hinauswollte, bis sie mir vorführte, dass sie Schwierigkeiten mit ihrer Handschrift hatte. Sie konnte plötzlich nicht einmal mehr ihren Namen schreiben.

Wir dachten, der Grund läge in ihrer Einsamkeit und verschafften ihr einen neuen Hund. Es war ein lustiger schwarzer Spaniel namens „Senta", ein verwöhnter, aber liebenswerter Geselle. Eine Freundin von mir brachte ihn zu mir nach Hause, sein Herrchen war auf einem Spaziergang durch den Wald plötzlich einem Herzinfarkt erlegen. Ich konnte Senta nicht bei mir behalten, denn wir hatten eine Katze zuhause, und der Hund war gegen Katzen dressiert. Da wir das Tier nicht in ein Heim bringen wollten, dazu hatten wir es zu lieb gewonnen, brachten wir es zu meiner Mutter in der Hoffnung, sie aus ihrer Einsamkeit zu befreien.

Senta ruinierte viel, bellte unentwegt und das auch noch ziemlich laut. Sie konnte nicht eine Stunde alleine im Haus bleiben, aber für meine Mutter stellte sie ein Jungbrunnen dar. Mit dem Reisen war es natürlich vorbei, denn diesen viel zu verwöhnten Hund konnte meine Mutter nirgends mitnehmen. Andererseits aber kam wieder Leben im Haus.

Die Schreibhemmung jedoch blieb. Wir konnten sie uns nicht erklären und merkten zu diesem Zeitpunkt auch nicht, dass sie bereits ein unübersehbares Signal darstellte.

Meine Mutter, 1972

Die Schwester meiner Mutter, 1973

deutliche Zeichen
werden gern übersehen
und doch sind sie da

Die nächste Phase

Als ich für meine sechsjährige Tochter den Termin für eine ambulante Mandeloperation in Wiener Neustadt hatte, baten wir meine Mutter, mit ihrem VW-Käfer zu uns nach Kottingbrunn zu fahren, um während unserer Abwesenheit auf unseren einjährigen Sohn aufzupassen.

Ich musste um sieben Uhr morgens mit unserer Tochter in Wiener Neustadt beim Arzt sein. Mein Mann wollte uns mit dem Auto bringen, indes meine Mutter daheim auf unser Baby aufgepasst hätte. So hatten wir es vereinbart, und meine Mutter sagte uns auch fix zu. Es war der 12. März 1984, Grund genug für den Winter, in der Nacht noch einige Zentimeter Schnee auf die Erde zu schicken. Um sechs Uhr morgens rief meine Mutter an und sagte uns kurzfristig ab. Sie fürchtete sich vor der Straßenglätte und wollte das Risiko eines Verkehrsunfalles nicht eingehen.

Wir wunderten uns sehr, denn sie hatte noch nie Angst vor dem Autofahren, zumal sie schon seit fünfundvierzig Jahren den Führerschein besaß und eine wirklich sichere Fahrerin war. Ich kann mich nicht daran erinnern, dass sie jemals einen Verkehrsunfall hatte, wobei sie in ihrem Leben sehr viel fahren musste und das bei jedem Wetter. Wir lösten das Problem, indem ich alleine mit meiner Tochter zum Arzt fuhr, während mein Mann das Baby versorgte. Am Abend brachte uns dann sein Bruder nach Hause, und die Sache war erledigt.

Die Angst meiner Mutter vor dem Autofahren nahm in den nächsten Monaten immer mehr zu – und eines Tages ersuchte sie meinen Mann, ihr Auto zu verkaufen. Sie fühlte sich hinter dem Steuer nicht mehr sicher.

Irgendwann später bekam ich einen Artikel über die

Alzheimer-Krankheit zu lesen, und ich machte mir so meine Gedanken. Allerdings verwarf ich meine bösen Vorahnungen wieder, denn so etwas passiert doch immer nur den anderen, niemals jedoch einem selbst.

Als wir wieder einmal zu Besuch in Kapellerfeld waren, gab meine Mutter ein Hühnchen in den Grillautomat. Dazu kochte sie Nudeln. Irgendwie war ich verwirrt, denn zu Grillhühnchen passten Bratkartoffeln und Salat, aber keine Nudeln. Wie bereits erwähnt, war meine Mutter eine ausgezeichnete Köchin. So eine unpassende Beilage hatte es bei ihr noch nie gegeben.

Wieder stand ich vor einem Rätsel: Mit zweiundsechzig Jahren verlernt man doch nicht das Kochen – was war bloß geschehen?

Es kam inzwischen immer häufiger vor, dass Missstimmungen mit meiner Familie, besonders jedoch mit der meines Bruders auftraten, da mir meine Mutter Aussagen und Behauptungen in den Mund legte, die ich nie getätigt hatte. Es gab immer mehr Unstimmigkeiten, deren Ursachen ich nicht ergründen konnte.

Eines Tages bat mich mein Bruder, für Senta, den Spaniel, einen guten Platz zu suchen, da meine Mutter für drei Wochen zur Durchuntersuchung ins Neurologische Krankenhaus müsse. Wir nahmen das Tier vorerst zu uns, sperrten unsere Katze weg und machten uns verzweifelt auf die Suche nach einer liebevollen Familie, die mit einem Hund gut umgehen konnte. Inzwischen ruinierte Senta unsere Haustüre, da ich sie ja doch hie und da zuhause lassen musste. Sie war so wild und verwöhnt, dass ich sie nicht in den Kindergarten und zur Schule mitnehmen konnte. Unsere arme Katze flüchtete nach einigen Tagen zu unserer Nachbarin, die sie mit Leckerbissen verwöhnte, dieses Luxusfutter konnte ich ihr natürlich nicht bieten.

Mit anderen Worten, Senta brachte ein gewaltiges Chaos in unser Leben.

Endlich fanden wir eine Familie in Lanzendorf, die sich sehnlichst einen Hund wie Senta wünschte. Sie sah recht vertrauenswürdig aus, versprach uns, gut für das Tier zu sorgen, und interessanterweise blieb Senta ohne zu murren bei seinem neuen Platz. Sie machte keine Anstalten, uns nachzulaufen.

Durch Zufall hörten wir nach Jahren, dass es das Schicksal doch nicht so gut mit Senta meinte. Angeblich riss der Hund einmal aus, lief über die Felder und wurde von einem Jäger erschossen.

hab Mut zur Wahrheit
das Leben ist oft grausam
doch das macht dich stark

Der Schock

Wir besuchten unsere Mutter im Krankenhaus Lainz, Neurologische Abteilung. Sie bekam dort eine gründliche Durchuntersuchung und das war natürlich nicht sehr angenehm. Am meisten fürchtete sie sich vor dem schmerzhaften Kreuzstich, doch der war schließlich ausschlaggebend für ihren Befund. Meine Mutter schimpfte wie ein Rohrspatz über das Theater, das man mit ihr machte. Zweimal wollte sie schon davonlaufen, doch jedes Mal konnte man sie mit wichtigen Argumenten zum Bleiben überreden. Drei Wochen sind nun einmal eine lange Zeit für einen Patienten, der fest davon überzeugt ist, ohnehin völlig gesund zu sein. Außerdem war sie sich sicher, dass die Ärzte nichts an ihrem Befinden ändern können und auch nichts finden werden, was weiterhilft.

Nach den erfolgten Untersuchungen kehrte sie wieder in ihr Haus zurück, und einige Wochen später lud uns mein Bruder zu einer Unterredung in seine Wiener Wohnung ein, womöglich ohne Kinder. Das gab uns zu denken, denn meine Kinder waren stets willkommen, besonders bei deren Tante, die noch dazu Taufpatin meiner Tochter ist. Auch die ernsten Mienen, mit denen sie uns empfingen, waren besorgniserregend. Wortlos gab mir mein Bruder den medizinischen Befund der Untersuchung meiner Mutter zu lesen. Nach den ersten Zeilen begann mir das Blut in den Adern zu erstarren, das Untersuchungsergebnis lautete: Morbus Alzheimer.

Sofort kam mir der Zeitungsartikel über die Alzheimer-Krankheit in den Sinn, und schon rannen mir die Tränen über die Wangen. Meine lebensfrohe und vitale Mutter würde in nur wenigen Jahren vergreisen. Ihr Leben wird wie ein Zeitlupenfilm abrollen, sie wird alles vergessen, was ihr wichtig war, vielleicht sogar unsere Namen, vielleicht wird sie uns in kurzer Zeit nicht wiedererkennen, ihre geliebten Enkelkinder werden ihr fremd werden. Womit hatte sie das verdient – ein herzensguter Mensch voll Energie und Liebe, der stets für alle anderen da war. Ein dicker Knödel steckte in meinem Hals – es dauerte eine Weile, bis ich die Situation begriffen hatte.

Heutzutage ist man schon etwas weiter in der Behandlung der Alzheimer-Krankheit, in den 90er Jahren aber war diese Krankheit noch nicht so gut erforscht. Man hatte zwar genügend Medikamente, um die Betroffenen zu beruhigen, aber aufhalten konnte man den Verlauf dieser Krankheit nicht.

Erst allmählich konnte ich wieder klar denken. Wie geht unser Leben nun weiter, was kann man tun? Eines war uns allen klar: Wir konnten unsere Mutter nicht mit der Wahrheit konfrontieren.

Ich hatte bis zu meinem achtundzwanzigsten Lebensjahr zuhause gelebt, und wir redeten viel miteinander. Meine Mutter erklärte immer schon, sollte sie einmal ein Pflegefall werden, dann würde sie sich umbringen, denn sie wollte niemandem zur Last fallen.

Nun war es so weit: Sie würde in Kürze ein Pflegefall werden und konnte natürlich nicht mehr alleine im Haus bleiben. Das Wissen um diese Abhängigkeit würde meine Mutter nicht verkraften, und das war schon einmal sehr gefährlich. Also hieß es: Stillschweigen bewahren, den Kindern nicht zu viel erzählen, denn sie könnten losplappern.

Der nächste Schritt war: Wo hätte unsere Mutter die beste Pflege und zwar Tag und Nacht, denn sie würde ja irgendwann einmal unberechenbar werden. Mein Bruder konnte sie nicht zu sich nehmen, er und seine Frau waren berufstätig und nicht in der Lage, sich den ganzen Tag um sie zu kümmern. Auch bei mir konnte ich sie nicht unterbringen. Unser Haus war viel zu klein, wir hatten keinen zusätzlichen Raum, wo ich meine Mutter versorgen hätte können. Meine Kinder waren noch klein, ich musste sie täglich zur Schule und in den Kindergarten bringen, da konnte ich meine Mutter unmöglich alleine lassen.

Ich fühlte mich nicht in der Lage, eine Alzheimerkranke, auch wenn sie die eigene Mutter ist, professionell zu versorgen. Ich war weder Krankenschwester noch Ärztin, ich hatte keine Ahnung vom Verlauf dieser Krankheit und war auch nervlich für so eine Verantwortung völlig ungeeignet.

Also was gab es noch für Möglichkeiten? Wir mussten uns nach einem Heim umsehen, in dem meine Mutter bis zu ihrem Lebensende bleiben könnte, wo sie Tag und Nacht betreut werden würde, und das nicht zu weit von mir entfernt wäre, damit ich mich intensiv um sie kümmern kann, ohne meine Familie zu sehr zu belasten. Da war guter Rat teuer, denn das Problem musste schnell gelöst werden, da die Krankheit unaufhaltsam voranschritt.

jede Entscheidung
ist immer noch sinnvoller
als Kopf in den Sand

Die Entscheidung

Eine Woche nach der Krisensitzung rief mich meine Schwägerin an und teilte mir mit, dass ganz in meiner Nähe eine Seniorenpension sei, die einen sehr guten Ruf habe. Preislich wäre es zu schaffen, es gäbe Tages- und Nachtbetreuung durch nette und kompetente weltliche Schwestern, ein gepflegtes Haus mit Biedermeier-Ambiente, in dem täglich frisch gekocht und gebacken wird, das heißt, wenn man das Haus betritt, duftet es schon verführerisch nach frischem Kuchen und Kaffee.

Ein weiteres Kriterium ist, dass einmal wöchentlich der Arzt ins Haus kommt und sich um jeden Insassen persönlich kümmert. Was die Besuchszeit betrifft, so könne man zu jeder Tages- und Nachtzeit kommen, auch jederzeit die Angehörige zu einem Spaziergang einladen, denn das Haus wäre nicht verschlossen. Dieses Haus wurde nicht als Altersheim geführt, sondern als Seniorenpension, d.h. es gäbe auch die Möglichkeit, die pflegebedürftigen Personen nur für zwei bis drei Wochen zur Erholung einzumieten, um den Angehörigen auch einmal die Möglichkeit zu geben, eine Urlaubsreise anzutreten.

Voraussetzung für die Unterbringung war jedoch, dass der Pflegebedürftige gehfähig war, denn es gab im Haus zwar ein Krankenzimmer, wo Menschen betreut wurden, die bereits gehunfähig waren, doch diese Menschen wurden im Haus mit der Zeit Pflegefälle. Das klang alles für mich sehr vernünftig, zumal dieses Haus in Baden bei Wien war, gerade einmal sechs Kilometer von meinem Wohnhaus entfernt. Ich müsste mich zwar verpflichten, die Leibwäsche meiner Mutter zu waschen, doch das war für mich kein Problem.

Da meine Mutter von ihrer Zukunft nichts wissen durfte, schon allein wegen der Suizidgefahr, brachten wir ihr schonend bei, sie käme für ein paar Wochen auf Erholung nach Baden. Wenn sie einmal da wäre, würde sie ohnehin bald vergessen, wo ihr ursprüngliches Zuhause war.

Wir vereinbarten einen Besichtigungstermin und sahen uns mit ihr die Seniorenpension an. Wir waren von der Heimleiterin und dem liebevoll eingerichteten Haus angenehm überrascht. Es duftete, genau wie ich es mir vorgestellt hatte, nach frisch gebackenen Mehlspeisen, von der Decke hingen Blumenampeln, die Wände zierten hübsche Bilder, und überall waren frische Blumen. Auf einem gemütlichen Sofa dehnte sich faul eine rotbraune Perserkatze, und die betagten Leute, die sich gemächlich in den Räumen bewegten, sahen recht zufrieden aus.

Die Heimleiterin war sehr erstaunt, als sie meine Mutter kennenlernte. Sie hatte eine ältere verwirrte Frau erwartet. Meine Mutter jedoch war zu diesem Zeitpunkt eine gutaussehende Frau in den besten Jahren, geschmackvoll gekleidet, gepflegt, die Haare frisch getönt und gewellt und von der Sprache her total unauffällig. Doch sie wusste auch aus Erfahrung, dass die Alzheimer-Krankheit sehr heimtückisch ist und der Krankheitsverlauf sehr schnell und vor allem auch unberechenbar sein kann.

Mein Bruder verpflichtete sich, das Finanzielle regelmäßig zu erledigen und das Haus in Kapellerfeld in Ordnung zu halten, während mir die Aufgabe zufiel, mich um das persönliche Wohlbefinden sowie um die Reinigung der Leibwäsche meiner Mutter zu kümmern. Wir haben dieses System beibehalten – bis zum bitteren Ende.

Wir erkundigten uns bei der Heimleiterin, wie lange unsere Mutter hier wohnen könne, da sie doch sicherlich eines Tages gefüttert und gewickelt werden müsse. Außerdem konnte man ja das Tempo des Krankheitsverlaufes nicht vorhersagen. Die Leiterin beruhigte uns und versprach, dass unsere Mutter zeitlich unbegrenzt hierbleiben dürfe. Außerdem wäre dies ein offenes Haus, in dem jedermann kommen und gehen könne, wann er wolle. as war nun für uns wirklich eine Ideallösung: Ein gepflegtes liebevolles Haus, ein Mittelding zwischen Wohnhaus und Pflegeheim, vor allem inklusive ärztlicher Versorgung.

Das Wichtigste für mich aber war, dass meine Mutter wieder in meiner Nähe wohnte, mit anderen Worten: Ich konnte sie für den Rest ihres Lebens begleiten und ihr ein wenig von dem zurückgeben, was ich in meiner Jugend an Liebe und Fürsorge von ihr bekommen habe, ohne dabei meine eigene Familie zu vernachlässigen.

was du auch gelernt
es verliert seinen Nutzen
wenn du es vergisst

Aller Anfang ist schwer

„Gehe nicht jeden Tag zu ihr", warnte mich mein Bruder, „sonst will sie wieder nach Hause". Mein Bruder hatte Recht, denn jedes Mal, wenn ich meine Mutter besuchte, war sie in Katastrophenstimmung. Zweimal pro Woche hatte sie ihre Koffer gepackt, und es kostete mich viel Überredungskunst, sie zum Bleiben zu bewegen. Mein Bruder gab ihr Taschengeld, damit sie die Möglichkeit bekam, sich bei etwaigen Spaziergängen durch Baden etwas zu kaufen. Sie konnte damit nicht mehr umgehen und wusste von einem Tag zum anderen nicht mehr, wo sie das Geld aufbewahrte. Ich besorgte meiner Mutter immer wieder nette Sachen zum Anziehen, damit sie sich in der vornehmen Badener Gegend wohlfühlte, doch sie fand sich mit der Zusammenstellung der Kleidung nicht mehr zurecht. Dabei hatte sie, was ihre Garderobe anbelangt, immer einen sehr guten Geschmack gehabt.

Meine Mutter konnte als junge Frau sehr gut nähen. Sie kaufte früher die Burda-Hefte und Burda-Schnitte und nähte für uns Kinder, und auch für sich, die neuesten Modelle. Nicht nur, dass sie dadurch sehr viel Geld sparte, denn Stoffe waren früher immer leicht und günstig zu bekommen. Wir konnten uns doch einigermaßen modisch kleiden.

Meine Mutter legte auch sehr viel Wert darauf, dass ich selbst mit der Nähmaschine gut umgehen konnte, und ihr habe ich es zu verdanken, dass ich als jung verheiratete Frau die Umstandskleidung und Babykleidung zum Großteil selbst herstellen konnte. Doch die Krankheit hatte auch diese Fähigkeit zunichte gemacht.

Meine Mutter hatte in ihrer Freizeit zahlreiche wunderschöne Gobelin-Bilder gestickt. Ich habe selbst noch zwei von ihr gestickte Bilder zuhause hängen. Um ihr eine Freude zu machen und sie ein wenig zu beschäftigen, brachte ich ihr ein einfaches Stickbild in der Hoffnung, dass sie die simplen Stichübungen noch schaffte und dadurch etwas Lebensfreude bekäme. Sie begann sogar, ein wenig darauf herumzusticheln, doch sie schaffte es nicht mehr. Auch das war vorbei.

Ein kleiner Trost war die rothaarige Perserkatze, mit der sie sich liebevoll beschäftigte. Meine Mutter regte sich auch fürchterlich darüber auf, dass das Tier nicht regelmäßig gebürstet wurde und sich sein Fell verfilzte. Doch damit war das Hauspersonal allerdings überfordert. Immerhin brachte sie die Leiterin dazu, dass die Katze einmal vom Tierarzt geschoren wurde und das Fell wieder gepflegt nachwachsen konnte.

Einmal pro Woche wurde von den Schwestern eine Turnstunde abgehalten, und manchmal sang eine liebe Schwester mit den Heimbewohnern Volkslieder. Ich hatte aus meiner Schulzeit noch ein altes Liederbuch mit bekannten Volksliedern, das ich gerne dem Heim zur Verfügung stellte. Es machte mir Freude, wenn ich im Vorraum hörte, mit welchem Ehrgeiz die älteren Leute ihre schon schwächer gewordenen Stimmen zum Jubilieren brachten. Man bemühte sich wirklich um Abwechslung und Menschlichkeit, das hatte mir schon immer an diesem Haus gefallen.

Wenn ich meine Mutter zum Spaziergang holte, erzählte sie mir von den Heiminsassen. Einer von ihnen, ein behinderter, relativ junger Mann, war ihr besonders ans Herz gewachsen. Er sagte immer „Mutti" zu ihr, und sie behandelte ihn wie ihren eigenen Sohn. Im Übrigen duzten sich alle und vertrugen sich im Großen und Ganzen recht gut. Zweimal wöchentlich ging ich mit meiner Mutter durch

Baden spazieren, manchmal in den Kurpark, ein andermal ins Badener Rosarium. Den Abschluss bildete stets ein Kaffeehaus-Besuch, wo wir bei Torte und Badener Melange ausführlich plauderten.

Hie und da brachte ich sie auch zu mir nach Hause, wusch und schnitt ihr die Haare, verpasste ihr eine Dauerwelle oder eine neue Haarfarbe und verwöhnte sie mit einem guten Mittagessen. Meine Mutter war sehr glücklich, meine Kinder zu sehen, und diese freuten sich auf ihre Oma. Mir kam oft der Gedanke, dass diese furchtbare Krankheit sie meiner Familie näher gebracht hat.

Schmerzen sind Zeichen
wenn man sie nicht beachtet
wird das Sein zur Qual

Beim Zahnarzt

Bevor meine Mutter nach Baden übersiedelte, hatte sie in ihrer Heimatgemeinde eine neue Zahnprothese bekommen. Sie war zwar sehr ordentlich gemacht, denn ihr Zahnarzt, der sie seit über dreißig Jahren betreute, war auf dem Gebiet ein wahrer Künstler. Es fehlte aber noch ein wenig an Nacharbeit. Die Prothese am Unterkiefer musste noch etwas nachgeschliffen werden.

So kam es, dass meine Mutter nach einiger Zeit über Schmerzen und Druckstellen am Unterkiefer klagte. Ich wollte jedoch nicht das Risiko eingehen, mit ihr zu ihrem Zahnarzt nach Gerasdorf zu fahren, da sie sich dann sicherlich wieder an ihr altes Zuhause erinnert hätte und wieder nach Hause hätte fahren wollen. Deshalb suchte ich mit ihr eine gute Zahnärztin in Baden auf. Nach längeren Erklärungen und komplizierten Untersuchungen, gelang es der Ärztin schließlich, das Gebiss fachgerecht nachzuschleifen. Sie gab meiner Mutter auch etwas zum Einreiben des Unterkiefers, da dieses durch die Reibung schon recht wund war. Dann vereinbarten wir einen Kontrolltermin.

Gott sei Dank hatte ich der Sprechstundenhilfe mitgeteilt, wo meine Mutter und aus welchem Grund untergebracht war, denn als wir das nächste Mal kamen, informierte mich die Dame, dass sie meine Mutter im Stadtzentrum angetroffen hatte. Sie war total verwirrt gewesen und unfähig, alleine heimzufinden. Die Sprechstundenhilfe hatte sich daran erinnert, dass meine Mutter an der Alzheimer-Krankheit leidet und wo sie untergebracht war. Sie hatte diese dann beruhigt und in die Seniorenpension geführt. Sie gab mir den Rat, ein Visitenkärtchen von der Seniorenpension in Mutters Manteltasche zu stecken, damit man ihr besser weiterhelfen könnte, für den Fall, dass so etwas noch einmal vorkäme. Nach diesem Vorfall war ich schon sehr beunruhigt, da ich nun wusste, dass meine Mutter bereits alleine ausging und offensichtlich nicht mehr heimfand.

Diese Seniorenpension war ja, wie bereits beschrieben, ein offenes Haus, in dem man ungehindert kommen und gehen konnte. Für viele ein Vorteil, denn sie fühlten sich nicht eingesperrt, für Alzheimer-Patienten natürlich mit Risiken verbunden.

Somit hatte sich in der Krankheit eine neue Phase angekündigt: die Weglaufphase.

die Sehnsucht ist es
die Kräfte freisetzen kann
wo der Geist versagt

Episode auf dem Bahnhof

Wie bereits erwähnt, hatte meine Mutter eine Schwester in Karlsfeld bei München, die sie bis zum Ausbruch ihrer Krankheit einmal jährlich besuchte. Wahrscheinlich rückte der Zeitpunkt näher, zu dem Mutter für gewöhnlich ihre Deutschlandreise plante, sie hatte auch noch einen bestimmten Zug mit der Abfahrtszeit acht Uhr früh von Wien-Westbahnhof in ihrem Gedächtnis verankert.

Als ich meine Mutter eines Tages besuchte, erfuhr ich von den Schwestern, dass ihr mein Bruder tags zuvor neunhundert Schilling Taschengeld überbracht hatte. Ich wollte nachsehen, wo sie das Geld aufbewahrte, fand aber nur zweihundert Schilling in ihrer Handtasche vor. Meine Mutter wusste überhaupt nicht mehr, was mit dem Rest des Geldes geschehen war.

Zufällig erfuhr ich von der Heimleitung, dass ihre Schwester in dieser Woche mit ihr telefoniert hatte, woher diese die Telefonnummer des Heimes wusste, ist mir bis heute noch ein Rätsel. Jedenfalls dürfte nach diesem Gespräch der Wunsch bei meiner Mutter entstanden sein, ihre Schwester in München zu besuchen. Ich fand auch in ihrem Zimmer einen gepackten Koffer, und sie selbst war ziemlich aufgeregt. Sie konnte mir aber nicht sagen, wo sie gewesen war und was sie mit den siebenhundert Schilling gemacht hatte.

Nun begann meine Detektivarbeit: Eine Krankenschwester erzählte mir, dass meine Mutter einen zweistündigen Spaziergang unternommen habe und sich schon auf die Zugfahrt freue. Ich ging daraufhin mit einem Lichtbildausweis meiner Mutter zum Bahnhof und erkundigte mich beim Schalter, ob sie vielleicht zufällig hier gewesen sei.

Der Schalterbeamte erzählte mir eine merkwürdige Geschichte: „Diese Dame war hier und fragte, wann ein Zug nach München-West von diesem Bahnhof abfahre. Das war am Samstag, und ich sagte ihr, am Montag um acht Uhr ginge ein Eilzug nach München West. Sie müsse aber schon sehr früh mit der Südbahn nach Wien fahren und dann weiter mit der Straßenbahn zum Wiener Westbahnhof. Sie kaufte daraufhin um siebenhundert Schilling eine Fahrkarte nach München-West, bedankte sich und ging. Mir fiel eigentlich nicht auf, dass da irgendetwas nicht stimmen könnte, denn die Dame sprach ganz normal und flüssig." Ich bat den Schalterbeamten, die Fahrkarte zurückzunehmen, falls ich sie noch finden sollte, und begab mich auf deren Suche. Ich drehte alle Taschen, Mantel- und Hosensäcke um, leider vergeblich, die Fahrkarte blieb verschwunden.

Erstaunlich war, dass sich meine Mutter beim Schalterbeamten so gut ausdrücken konnte, denn bei mir brachte sie keinen Satz vollständig und fehlerlos zustande. Es gab anscheinend doch immer wieder helle Momente, besonders, wenn sich ihr eiserner Wille dahinter verbarg.

Ich ersuchte an diesem Tag die Schwestern, an jenem Montagmorgen, an dem sie die Reise geplant hatte, besonders gut aufzupassen, damit meine Mutter nicht zum Bahnhof ging und abreiste. Jedenfalls waren wir fürs Erste gewarnt. Mein Bruder durfte ihr ab nun kein Taschengeld mehr aushändigen, denn sie konnte mit Geld nicht mehr umgehen.

liebst du die Kultur
dann hast du Möglichkeiten
wenn auch nur ganz kurz

Im Rollettmuseum

Schräg gegenüber der Seniorenpension, gleich hinter dem Weikersdorfer-Park befindet sich ein sehr interessantes Museum: das Rollettmuseum, nach dem Gründer „Anton Rollett" benannt. Ich hatte es mir schon angesehen, bevor meine Mutter nach Baden übersiedelte, und ich fand, dass es, nachdem es nicht weit von ihrer Unterkunft entfernt war, für sie eine interessante Abwechslung wäre, dieses Museum zu besichtigen. Meine Mutter war ja noch ganz gut auf den Beinen, und Kultur war für sie immer schon wichtig.

Interesse an Kultur hatte sie, seit ich denken kann – ich erinnere mich, dass sie mich in meiner frühesten Jugend in sämtliche Museen und Galerien geschleppt hatte. Als ich vierzehn Jahre alt war, hatten wir im Kunsthistorischen Museum gemeinsam entdeckt, dass auf dem Gemälde „Bauernhochzeit" von Pieter van Breughel ein Fuß zu viel gemalt worden war. Nach vierzig Jahren habe ich dann von dem bekannten Maler Gerhard Gutruf erfahren, dass dieser Fehler absichtlich eingebaut wurde, da es der Komposition diente.

Im Jahr 1979 oder 1980, ich bin mir nicht ganz sicher, reiste meine Mutter mit ihrer Schwägerin nach Paris auf eine Kulturreise. Sie besichtigte natürlich den Pariser Louvre und erzählte mir von den wunderbaren Bildern, die sie dort gesehen hatte. Am meisten beeindruckt war sie von dem Künstler „George de la Tour", der berühmt war für seine ausschließlich durch Kerzenlicht erleuchteten Nachtbilder.

Als ich mit meiner Mutter von dem Rollettmuseum sprach, war sie von einer Besichtigung hellauf begeistert. Das Interesse an Kultur war noch da, und sie freute sich sehr, dass ich mir die Zeit dafür nehmen wollte. Das

Museum besteht aus zwei Etagen, und wir begannen die ersten zwei Räume zu durchstreifen. Ich erklärte ihr einige Dinge über Baden, und sie hörte mir auch recht interessiert zu und stellte mir sogar einige Zwischenfragen. Im dritten Raum aber merkte ich schon Konzentrationsschwächen an ihr und starke Ermüdungserscheinungen. Ich brach also den Museumsbesuch ab und brachte sie wieder nach Hause, wo sie dankbar in das nächstgelegene Sofa versank und sich ausruhte.

Als ich meine Mutter am nächsten Tag besuchte, konnte sie sich an unseren gemeinsamen Museumsbesuch nicht mehr erinnern. Das tat mir sehr leid, und ich nahm mir vor, sie mit derartigen Aktionen nicht mehr zu überfordern. Vielleicht waren leichte Spaziergänge mit anschließendem Kaffeehausbesuch wirklich ausreichend. Ich glaube das Wichtigste für sie war, dass sie spürte, sie war nicht alleine, sie hatte jemanden zum Plaudern und sie konnte ein bisschen Bewegung an der frischen Luft machen.

Glück ist ein Moment
den man genießen sollte
wann immer er kommt

Badefreuden

Meine Mutter liebte das Wasser, sie war auch eine sehr gute Schwimmerin. Es war ihr immer schon ein Bedürfnis, einen eigenen Swimmingpool zu besitzen, denn für sie war die gesunde Bewegung im Wasser ein Jungbrunnen. Deshalb hatte mein Vater in seiner Frühpension unter großen Mühen einen Pool in unserem Garten angelegt.

Als wir noch klein waren, war meine Mutter sehr bemüht uns rechtzeitig schwimmen beizubringen, damit wir nicht ins Wasser gestoßen werden konnten, ohne uns selbst retten zu können.

Jedes Jahr, wenn die Sonne an Kraft gewann, begann sie, ihren Pool im Garten zu reinigen. Ich erinnere mich noch mit Schrecken daran, dass sie bei der Poolreinigung mit reiner Salzsäure arbeitete. Eine Umwälzpumpe, wie man sie heutzutage verwendet, war zur damaligen Zeit unfinanzierbar. Ich dachte immer daran, wie leicht sie sich verletzen hätte können, wenn sie beim Schrubben des Beckens ausgerutscht, und die Salzsäure mit ihrer Haut in Berührung gekommen wäre. Doch das war ihre Entscheidung, da konnte ich machen, was ich wollte.

Zurück nach Baden – mir kam die Idee, mit meiner Mutter in unserem Thermalbad Schwimmen zu gehen. Ich besorgte ihr Badeanzüge und Bademantel und besuchte mit ihr das nahe Hallenbad. Meine Mutter war von dieser Aktion hellauf begeistert. Das warme Wasser tat ihr gut, und sie konnte sich wirklich noch mühelos im tiefen Wasser bewegen. Dazwischen gab es eine kleine Kaffeejause, und dann planschten wir wieder vergnügt im Wasser. An warmen Tagen war es auch möglich ins Freie zu schwimmen, was meiner Mutter besonders gut gefiel. Ich erinnere mich noch, wie glücklich sie war, als sie sich wie von selbst freischwimmen konnte, ich meine damit, das Glücksgefühl, sich schwerelos fortbewegen zu können. Erschreckend für mich war nur ihr inzwischen abgemagerter Körper. Man kann sich gar nicht vorstellen, wie diese Krankheit einen Menschen optisch verändern kann.

Auch musste ich aufpassen, dass sie zu den anderen Badegästen nicht allzu viel Kontakt hatte, denn wie sollte ich den Leuten das eigenartige Verhalten und die Unbeholfenheit beim An- und Auskleiden erklären? In einer Kleinstadt wird man ja dauernd beobachtet, und ein richtiges Gespräch konnte meine Mutter nicht mehr führen.

Dreimal waren wir im Thermalbad und einmal gemeinsam mit den Kindern im Badener Strandbad, mehr ging sich leider nicht mehr aus. Das Strandbad war für mich problematischer, da ich zusätzlich die Verantwortung über meine beiden Kinder hatte, die sich Gott sei Dank sehr vernünftig und rücksichtsvoll verhielten. Schade, dass ich ihr das Badevergnügen nicht öfters bieten konnte, doch der schnelle Verlauf der Krankheit ließ es nicht zu.

trostlos wär' die Welt
wenn es nicht Menschen gäbe
die sie beseelen

Tante Marta

Außer der Familie meines Bruders und meiner Familie gab es nur noch einen Menschen, dem das Wohlergehen meiner Mutter während ihrer Krankheitsjahre ein Anliegen war: Ihre Schwägerin Marta, die Schwester meines Vaters. Tante Marta war zeitlebens ein politischer Mensch, bekleidete auch eine kurze Zeit das Amt der Bezirksrätin für die Innere Stadt, setzte sich für globale Werte und gegen Atomstrom ein, kurz, sie war immer irgendwo unterwegs. Als sie erfuhr, dass meine Mutter an der Alzheimer-Krankheit litt und in Baden untergebracht war, ließ sie es sich nicht nehmen, sie einmal monatlich in ihrem neuen Heim zu besuchen. Ich fand das sehr anständig von ihr, denn immerhin fuhr sie mit den öffentlichen Verkehrsmitteln und musste dabei auch kräftige Fußarbeit leisten.

Als ewig kritischer Mensch – das lag in ihrer Natur – begutachtete Tante Marta die Seniorenpension und rief mich nach jedem ihrer Krankenbesuche an, um mir mitzuteilen, dass meine Mutter viel zu viel an Gewicht verloren hätte – sie führte es auf eine mangelhafte Ernährung zurück. Ich hingegen wusste, dass die Kost in der Seniorenpension ausgezeichnet war. Immerhin wurde das Essen täglich frisch zubereitet, und die Insassen wurden sogar zwischen den Mahlzeiten mit hausgemachten Mehlspeisen verwöhnt. Deshalb musste die Ursache woanders liegen, und ich beschloss, mit meiner Mutter eine Internistin aufzusuchen. Ich fand auch eine entsprechende Fachärztin, und machte mir mit ihr einen Termin aus.

Diese Ärztin schickte mich mit meiner Mutter zum Röntgen und ins Labor, organisch konnte jedoch nichts Gravierendes festgestellt werden. Die Untersuchung verlief äußerst kompliziert, da meine Mutter nicht mehr in der Lage war, auf gezielte Fragen zu antworten. Die Ärztin riet mir, es dabei bewenden zu lassen, denn die Gewichtsabnahme hinge mit dem Verlauf der Krankheit zusammen. Weitere Untersuchungen wären für die Patientin nur unnötige Quälereien, die zu nichts führen.

Lange Gespräche mit der Heimleiterin brachten mir immer nur eine Erkenntnis: Man muss abwarten und die Dinge auf sich zukommen lassen.

auch wenn es gelingt
geistig rege zu bleiben
alles ist Schicksal

Besuch bei meinen Schwiegereltern

Die Eltern meines Mannes, ein sehr liebes älteres Ehepaar, lebten in einem umgebauten Bauernhaus in Klausen-Leopoldsdorf in der Nähe von Alland. Landschaftlich liegt dieser Besitz wunderschön, ein großer Naturgarten mitten im Wald, wo Rehe und manchmal auch Wildschweine im Winter oft bis zum Haus kommen. Es ist eine wirkliche Oase der Ruhe inmitten der hektischen Welt.

Inzwischen sind meine Schwiegereltern schon gestorben, wurden jedoch neunzig und fünfundneunzig Jahre alt, und waren bis zum Schluss im Besitz hervorragender geistiger Fähigkeiten. Sie lebten auch immer sehr gesund, machten viel Bewegung an der frischen Luft und waren vor allem sehr naturverbunden.

Damals, meine Schwiegereltern waren über achtzig Jahre alt, luden sie uns ein, mit meiner Mutter zur Kaffeejause zu Besuch zu kommen. Meine Mutter freute sich sehr darüber, denn sie hatte meine Schwiegereltern wirklich sehr gerne. Ihr Problem war nur, dass sie die besorgte und betuliche Art der älteren Herrschaften nicht gewöhnt war. Sie wurde zusehends nervös und unruhig, auch war es ihr nicht mehr möglich, Fragen zu beantworten. Meine Mutter war schon überfordert, wenn man sie fragte: „Möchtest du noch ein Stück Kuchen oder lieber eine Topfengolatsche?". Aber wie sollte ich es den lieben Menschen erklären, dass sie keine Entscheidung und vor allem keine Antwort erwarten dürfen, ohne sie zu kränken?

Ich musste schon für meine Mutter mitdenken, ihr ein Stück Mehlspeise auf den Teller legen oder in die Hand drücken, den Kaffee süßen und ihr die Tasse nach jedem Schluck aus der Hand nehmen, da sie diese andernfalls neben die Untertasse gestellt oder gar auf den Boden hätte fallen lassen. Die Motorik war schon nicht mehr intakt, aber das konnten die alten Leute nicht verstehen, es war für sie ungewohnt.

Diese Einladung war gut gemeint gewesen, und die Schwiegereltern hatten sich damals sehr viel Mühe gegeben, doch im Großen und Ganzen war es für alle sehr anstrengend. Meine Mutter war glücklich, als sie wieder in ihre gewohnte Umgebung zurückkehrte, wo ihre ständig wachsende Ungeschicklichkeit als Folgeerscheinung ihrer Krankheit akzeptiert wurde.

Dieser Ausflug war für sie bereits eine fast zu große Anstrengung gewesen. Ich war auch etwas deprimiert, als ich den hellen scharfen Verstand meiner Schwiegereltern, die bereits das achtzigste Lebensjahr überschritten hatten, mit dem geistigen Zustand meiner gerade erst fünfundsechzigjährigen Mutter verglich. Ich musste mir immer wieder vorsagen: Begreife doch endlich, sie ist sehr krank, und sie wird auch nicht wieder gesund.

Ruhe bewahren
leichter gesagt als getan
doch Not bringt Hilfe

Die Ausreißerin

Eines Sonntagmorgens, wir saßen gerade gemütlich beim Frühstück, rief der Sohn der Heimleiterin bei uns an und teilte uns die Hiobsbotschaft mit, dass unsere Mutter verschwunden sei. Sie sei bereits angezogen gewesen, habe gefrühstückt, habe noch ein wenig geplaudert und sei plötzlich weg gewesen.

Ich fuhr sofort los, suchte all unsere Spazierwege ab und lief mindestens dreimal zum Bahnhof, da der Gedanke eines neuerlichen Reiseversuchs nicht auszuschließen war. Doch niemand hatte sie gesehen. Ich war verzweifelt, denn ich hatte Angst, dass meiner Mutter etwas zustieße. Sie konnte sich ja nicht mehr ausdrücken und daher auch nicht erklären, woher sie kommt und wo sie hinkommen möchte. Unverrichteter Dinge fuhr ich nach Hause und wartete auf einen erlösenden Anruf, der dann gegen Mittag auch endlich kam. Meine Mutter war in Bad Vöslau völlig verwirrt von der Gendarmerie aufgefischt worden. Da sie völlig verstört war, setzten sich die Beamten ans Telefon und riefen sämtliche Altersheime an, bis sie schließlich an die richtige Adresse kamen. Meine Mutter war sechs Kilometer auf der Hauptstraße marschiert, vermutlich in die Richtung, die ich immer fuhr, wenn ich sie zu mir nach Hause holte. Trotz Kaiserwetter war dieser Sonntag für uns verpatzt, denn wir waren alle nervlich am Ende, unfähig, noch irgendetwas zu unternehmen.

Diese Ausflüge unternahm meine Mutter von nun an zweimal pro Woche und immer in Richtung Bad Vöslau. Die Gendarmen mussten nichts mehr hinterfragen. Sie kannten meine Mutter mittlerweile schon und brachten sie automatisch heim. So ging es jedoch nicht weiter, denn die Gendarmerie hatte auch noch andere Aufgaben zu erfüllen, und unsere Nerven waren schließlich auch nicht unbeschränkt belastbar. Also beschloss die Heimleitung, meine Mutter in das kleinere Haus nach Bad Vöslau zu übersiedeln, wo sie mit einer zweiten Dame ein schönes geräumiges Zimmer teilte.

Der Vorteil dieses Hauses war, dass das Gartentor immer verschlossen war und nur durch einen Türöffner von außen geöffnet werden konnte. Das gab uns Sicherheit und ließ uns wieder ruhig schlafen. Ein angenehmer Nebeneffekt war, dass ihr neues Zimmer geräumiger war, sodass es möglich war, ihr eigenes Bett aus Kapellerfeld kommen zu lassen, in dem sie angeblich viel besser schlafen würde.

Das Haus in Bad Vöslau war auch wesentlich besser für sie, da hier nur vierzehn Damen untergebracht waren und nicht zweiundvierzig Hausgäste, wie in Baden. Ein weiterer Vorteil war, dass sie meinem Wohnort wesentlich näher war, ich mich also noch besser um sie kümmern konnte.

Als die Vorarbeiten abgeschlossen waren, wurde meine Mutter umquartiert und wir konnten endlich wieder aufatmen.

auch kleine Freuden
bereichern unser Leben
lerne genießen

Über den Zaun

Ich besuchte nun meine Mutter regelmäßig in Bad Vöslau in der Wasserleitungsgasse und unternahm mit ihr ausgedehnte Spaziergänge. Es gab einen gepflegten Kurpark, ein kleines Museum, eine schöne Kirche, und zum Abschluss unserer Unternehmungen kehrten wir immer in ein nettes kleines Kaffeehaus in der Hochstraße ein. Das Café Zani war für uns wie ein kleines Wohnzimmer. Die Besitzerin dieses im Jugendstil eingerichteten Lokals war eine liebe junge Frau mit zwei kleinen Kindern. Sie hatte immer frische Mehlspeisen zur Auswahl. Das einzige, was mich an dem kleinen Café störte, war eine riesige weiße Fläche an der Wand, die nach einem duftigen Bild verlangte. Da ich ja des Malens kundig bin, brachte ich beim nächsten Kaffeehausbesuch ein Künstlerfoto der Parklandschaft von Monet mit, und bot der Kaffeehausbesitzerin an, nach diesem Motiv ein Bild zu malen. Es würde einfach großartig zu der Einrichtung und auf diese leere weiße Wand passen. Die Kaffeehausbesitzerin war damit einverstanden, und ein paar Wochen später belebte die Parklandschaft schon die ungemütliche weiße Wand.

Nun gingen wir noch lieber Kaffeetrinken, da ich mich immer wieder über mein gelungenes Bild freute. Es war zwar keine Eigenkreation, darüber traute ich mich zur damaligen Zeit noch nicht, aber es war von mir und ich war stolz darauf. Leider hat inzwischen Café Zani seine Pforten geschlossen, aber damals war es für uns wie ein Zuhause.

Meine Mutter freute sich auf unseren Spaziergängen über jedes Blümchen in den Vorgärten. Da gab es unter anderem einen ganz besonders bunten Garten, an dem wir regelmäßig vorbeikamen. In diesem wuchsen Schneerosen in üppiger Fülle, tiefblauer Enzian, großblättriges Edelweiß und noch vieles mehr. Abgesehen davon tummelten sich zwischen den Blumen unzählige Märchenfiguren aus Gips. Die meisten Erwachsenen finden diese Dekorationen vielleicht kindisch, kitschig und verspielt, meine Mutter jedoch entwickelte sich zurück zum Kind und konnte gut zehn Minuten vor dem Zaun stehen und träumen. Sie war auch immer völlig hingerissen, wenn ein kleines Mädchen ihren Puppenwagen vor sich herschob oder ein kleines Hündchen an ihren Füssen schnupperte. Sie genoss diese Spaziergänge mit allen ihren Sinnen.

Aber bis es soweit war, bis die innere Ruhe in ihr Leben eintrat, verschaffte sie uns noch einige Aufregungen. Da meine Mutter die Gartentüre in ihrem neuen Zuhause verschlossen fand, kletterte sie einfach über den Zaun und wanderte Richtung Großau. Zweimal musste sie die Gendarmerie wieder zurückbringen, bis man endlich auch die Haustüre zusperrte.

Es sind dies die unruhigen Phasen dieser Erkrankung. Die Patienten sind ständig in Bewegung und können keine fünf Minuten still sitzen. Sie bekommen zwar beruhigende Medikamente, doch der Wandertrieb ist in diesen Menschen vorhanden und kann Wochen und Monate dauern.

Wir haben unsere Mutter in dieser Zeit oft auf Wanderungen und Ausflüge mitgenommen und sind so lange mit ihr marschiert, bis sie ganz gerne nach Hause zurückkam und die Müdigkeit und die Ruhe genoss.

ist's Gleichgültigkeit,
die Unfälle bei Kindern
nicht verhindern lässt?

Erlebnis auf der Mödlinger Burg

An einem sonnigen Sonntagnachmittag planten wir gemeinsam mit meiner Mutter eine nette Wanderung auf die Mödlinger Burg. Wir zogen ihr ordentliche Laufschuhe an und fuhren nach Mödling zu dem Berg, auf dem sich die Mödlinger Burg erhob. Von dort aus gingen wir los, fröhlich und hoffnungsvoll. Meine Mutter war guter Dinge, sie freute sich jedes Mal, wenn sie meine Kinder sah, und diese waren recht folgsam und brav. Der Weg zur Burg hinauf war sicherlich nicht einfach, sogar ziemlich steinig und voll Stolperwurzeln, doch meine Mutter schaffte das vorsichtig und ausdauernd.

Als wir bei dem alten Gemäuer ankamen, lief uns ein kleines Mädchen heulend und aufgeregt entgegen und bat mich um Hilfe. Sie berichtete ganz verzweifelt, dass ihre Freundin abgestürzt sei und bewegungslos unterhalb eines Felsens läge. Von den Eltern der Kinder war nichts zu sehen, und ich stand vor dem schier unlösbaren Problem, Erste Hilfe leisten zu müssen – außerdem war da auch noch meine Mutter an meiner Hand. Ich hatte in meiner Jugend zwei Jahre beim Roten Kreuz gedient, daher verfügte ich über gewisse Kenntnisse der Ersten Hilfe, und ich wollte die Kinder nicht im Stich zu lassen. Also vertraute ich kurzerhand meine Mutter meiner kleinen Tochter an, die mir fest versprach, die Hand ihrer Oma nicht auszulassen, keinen Schritt weiterzugehen und auf mich zu warten.

Ich ließ mir von dem kleinen Mädchen die Absturzstelle zeigen und tastete mich vorsichtig über das unwegsame Gelände zur Stelle, wo das verunfallte Kind lag und leise wimmerte. Es war mit den Halbschuhen ausgerutscht, abgestürzt, mit dem Kopf auf einen Felsen aufgeprallt und schließlich unterhalb des Felsens liegen geblieben. Der Anblick war schrecklich, das Kind blutete am Kopf und wimmerte kaum hörbar vor sich hin, ich musste dringend professionelle Hilfe holen. Beim Hinaufschauen erblickte ich den Kopf meines Mannes zwischen den Bäumen, und ich brüllte hinauf, er möge schnell die Rettung holen. Ich blieb bei der Kleinen, passte auf, dass sie sich nicht bewegt und redete ihr beruhigend zu. Während der ganzen Zeit hatte ich Angst, meine Mutter könnte sich von meiner Tochter losreißen und ebenfalls abstürzen. Ich litt Höllenqualen, bis nach endlosem Warten endlich Hilfe kam. Es war für die Rettungsmannschaft sehr schwierig, an die Unglücksstelle zu kommen, vor allem wusste man ja nicht, wie schwer die Verletzungen des Kindes waren und ob man es gefahrlos transportieren konnte.

Dann kamen die Fragen: Wie heißt das Kind, wer beziehungsweise wo sind die Eltern, warum sind die Kinder alleine auf der Burg, Fragen über Fragen, die wir nicht beantworten konnten, obwohl mein Mann sich sehr bemüht hatte, die Angehörigen der Kinder zu finden. Schließlich erfuhren wir, dass die Eltern der Kinder am Fuße des Berges bei einem Heurigen saßen und offensichtlich keine Ahnung hatten, wo sich die Kinder befanden. Zudem war das abgestürzte Kind ein Gastkind aus Deutschland, wie mir ihre kleine Freundin erzählt hatte. Wir wunderten uns nur, wie verantwortungslos manche Leute handelten und dadurch nicht nur ihre eigenen Kinder, sondern auch fremde Menschen in Gefahr brachten.

Als endlich ärztliche Hilfe da war und das Kind ins Krankenhaus brachte, konnte ich wieder zu meiner Familie zurückkehren. Mein kleines Töchterchen hatte sich in dieser Zeit vorbildlich um meine Mutter gekümmert und ihre Hand die ganze Zeit über nicht losgelassen. Meine Mutter war auch recht vernünftig gewesen, und das erleichterte viel. Wir fuhren dann anschließend zu einem Heurigen, wo wir uns stärkten und die ganze Aufregung abklingen ließen.

Mich wunderte sehr, dass meine Mutter während der ganzen Zeit ruhig und besonnen war, ich hingegen brauchte lange Zeit, um mich wieder zu beruhigen. Meine Nerven waren ja doch schon etwas angekratzt.

Schmerzen verhindern
mit etwas Aufmerksamkeit
ist auch dies möglich

Bei der Fußpflege

Immer wieder fiel mir auf, dass meine Mutter schmerzhaft das Gesicht verzog, wenn sie an bestimmten Stellen des Fußes auftrat. Beim Schuhwechsel bemerkte ich, dass die Zehennägel total verwachsen und von verhornter Haut teilweise überdeckt waren. Auf unseren Spaziergängen kamen wir bei einer Pediküre vorbei, also machte ich kurzerhand einen Termin für meine Mutter aus. Nun musste ich bei ihrer Kleidung bedenken, dass ich ihr ja bei der Fußpflege die Füße freimachen musste, ohne die Sache zu komplizieren. Daher konnte man ihr keine lange Hose, sondern bloß einen Rock anziehen. Weiters war wichtig, dass sie weiche, bequeme Schuhe trug, falls es zu einer kleinen Verletzung bei der Behandlung kommen sollte, damit sie trotzdem schmerzlos heimgehen konnte.

Ich musste auch der Fußpflegerin vorab von der Alzheimer-Krankheit meiner Mutter berichten, damit meine Mutter nicht durch Fragen geistig überfordert werden würde. Sie konnte ja kein richtiges Gespräch mehr führen und vor allem keine Fragen mehr beantworten. Wie wichtig diese Aktion war, habe ich dann bei der Behandlung gemerkt. Die Fußpflegerin war Gott sei Dank sehr kompetent und hatte sich vorsichtig ans Werk gemacht. Etliche Zehennägel waren schon eingewachsen gewesen, Hühneraugen waren zu entfernen und unter einem Fußnagel befand sich bereits ein versteckter Fußpilz, der regelmäßig behandelt werden musste. Dafür bekam ich eine Tinktur mit, die ich an die Heimleiterin weitergab.

Somit wusste ich, dass ich einmal monatlich mit meiner Mutter zur Fußpflege pilgern sollte, damit die Füße nicht verwahrlosen und vor allem, damit meine Mutter keine zusätzlichen Schmerzen erlitt. Sie war über dieses Service auch sehr glücklich. Immer wenn wir beim Spazierengehen bei der Fußpflege vorbeikamen, zeigte meine Mutter ganz aufgeregt hinein und freute sich wie ein kleines Kind.

Ich konnte gut nachfühlen, wie sehr meine Mutter vor dem ersten Fußpflegetermin unter jedem Schritt gelitten haben musste, und wie furchtbar es für sie die ganze Zeit über gewesen sein musste, nicht darüber sprechen zu können.

wir entwickeln uns
weiter, manchmal auch zurück
so schließt sich der Kreis

Das Wickelkind

Meine Mutter war nun schon einige Monate in Bad Vöslau untergebracht, da fiel mir auf, dass es in ihrem Zimmer sehr unangenehm roch. Auch die Leibwäsche, die ich regelmäßig mit nach Hause nahm, hatte einen fürchterlichen Uringeruch, sodass mein ganzes Auto danach stank. Die Heimleiterin teilte mir mit, dass meine Mutter während der Nacht regelmäßig gewickelt werden musste, da sie den Schließmuskel nicht mehr kontrollieren konnte. Tagsüber ginge man mit ihr regelmäßig auf die Toilette, in der Nacht war dies allerdings nicht möglich. Wir überprüften ihr Bett und stellten mit Entsetzen fest, dass in der Bettzeuglade eine richtige Lache stand. Das war der Grund für den schrecklichen Geruch, da musste etwas geschehen. Also hieß es: Weg mit dem Privatbett. Ein neues Bett war notwendig und über die Matratze eine Kautschukunterlage. Allein das Entsorgen des relativ großen Bettes war ein Problem, und dann erst das Umgewöhnen an ein einfaches Eisenbett, das ja auch viel höher war, als das Privatbett. Doch der Mensch ist ein Gewohnheitstier, und so spielte sich auch das mit der Zeit ein.

Sehr gewöhnungsbedürftig war für mich und meine Familie der scharfe Geruch der Schmutzwäsche in meinem Auto und auch in meinem Haus. Fast täglich war die Waschmaschine in Betrieb, denn ich ließ die Schmutzwäsche nicht einen Tag liegen, der Geruch verdarb uns jeglichen Appetit. So war es mir mit der Zeit schon unangenehm, wenn Gäste in mein Haus kamen, denn den scharfen Uringeruch brachte ich schon fast nicht mehr aus den Wänden und Vorhängen.

Wenn ich mit meiner Mutter spazieren ging, besuchte ich mit ihr im Kaffeehaus sofort die Toilette, musste aber bei ihr bleiben, da sie nicht mehr verstand, dass man sitzen bleiben musste, bis das Geschäft verrichtet war. Später war auch das nicht mehr möglich, da sie sich weigerte, sich überhaupt auf die Toilette zu setzen. Sie wurde störrisch, wie ein kleines Kind.

Anfangs wollten wir sie tagsüber nicht wickeln, da sie so lange wie möglich ein Sauberkeitsgefühl haben sollte. Es kam dabei auch sehr auf die Tagesschwester an, ob sie Zeit hatte, mit meiner Mutter regelmäßig auf die Toilette zu gehen. Irgendwann jedoch war es soweit, da musste sie Tag und Nacht gewickelt werden, das Fortschreiten der Krankheit ging zügig voran. Ich fürchtete mich schon vor jedem Besuch vor dem nächsten Krankheitsschub. Jede Veränderung ihres Zustandes wurde für uns gewöhnungsbedürftig.

wenn du Hilfe brauchst
so wird sie dir gegeben
oft ganz unverhofft

Eine zusätzliche Betreuerin

Bei einem unserer Spaziergänge sprach mich eines Tages eine Frau aus der Nachbarschaft an und wir plauderten über die Probleme der alten Leute im Heim. Sie erzählte mir dabei von einer achtundvierzigjährigen Frau, die krankheitsbedingt in Frühpension geschickt worden war und nun Zeit und Lust hätte, sich um ältere Menschen zu kümmern. Sie meinte, es würde meiner Mutter sicherlich gut tun, wenn jeden Tag jemand käme, um mit ihr spazieren zu gehen, und ich wäre zeitweise ein wenig entlastet. Ich setzte mich mit dieser Frau in Verbindung, organisierte ein Zusammentreffen mit meinem Bruder, der seine Zustimmung geben sollte, da er ja für die finanzielle Seite dieser Zusatzbetreuung zuständig war.

Ich freute mich, auf Anraten dieser Nachbarin einen rührigen und warmherzigen Menschen an der Seite meiner Mutter gefunden zu haben. Meine Mutter und die Betreuungshilfe freundeten sich bald an, und es war für mich eine zeitliche Entlastung, weil ich von da an nur mehr einmal pro Woche meine Mutter besuchen musste. Die zusätzliche Hilfe bemühte sich sehr um meine Mutter, ging mit ihr täglich spazieren, und meine Mutter war sehr glücklich über diese neue Freundin. Der tägliche Spaziergang tat ihr gut, sie konnte dann viel besser schlafen, weil sie sich immer müde gelaufen hatte.

Trotzdem gab es nach wie vor Hiobsbotschaften. Der nächste Schock für mich war ein Anruf des Junior-Chefs, meine Mutter sei unglücklich gestürzt und hätte wahrscheinlich einen Schlüsselbeinbruch davongetragen. Da half nun wieder die neue Betreuerin, denn für mich wäre es schwierig gewesen, meine Mutter ins Krankenhaus zu begleiten, da ich ja doch meine Kinder zu versorgen hatte.

Als ich meine Mutter das nächste Mal besuchte, sah ich die Bescherung. Der rechte Arm war mit einer Schlaufe an den Körper gebunden und ruhig gestellt. Meine Mutter jammerte, da sie sich nicht richtig bewegen konnte und beim An- und Auskleiden gab es natürlich auch Probleme. Meine Mutter musste nun gefüttert werden wie ein kleines Kind, denn sie konnte ja ihre Hand nicht gebrauchen. So ging es einige Wochen, bis der Bruch verheilt war. Die Betreuerin nahm mir auch die Kontrollfahrten ins Krankenhaus und damit das lange Warten und das Beruhigen meiner Mutter in der Ambulanz ab. So konnte ich Schule, Kindergarten und Haushalt besser unter einen Hut bringen.

An einem schönen Junitag verfrachtete ich meine Mutter und ihre Betreuungshilfe in mein Auto und fuhr mit den Beiden zu den Badener Rosentagen ins Rosarium. Das war eine willkommene Abwechslung und sie genossen einen gemütlichen Spaziergang durch die duftende Blütenpracht. Ich lud die Damen zu einem guten Eiskaffee ein und wir verbrachten einen wunderschönen Nachmittag.

Diese Aktion hatte uns alle ein wenig aufgebaut, und wieder denke ich an den Spruch: Freue dich deines Lebens - es ist schon später als du denkst.

egal, was du tust
wenn Bauchgefühl entscheidet
dann war es richtig

Die Haarpflege

Meine Mutter hatte immer sehr kräftiges Haar, das natürlich auch seine Pflege brauchte. Als sie noch in der Seniorenpension in Baden gewohnt hatte, kam regelmäßig eine Friseurin ins Haus, die bei den Insassen nach Wunsch die Haare schnitt und auch Dauerwellen und Haarfärbungen vornahm. Auf diese Weise kam meine Mutter bequem zu einer neuen Frisur. Einmal fuhr ich mit ihr auch zu einem nahe gelegenen Friseur, das alles stellte damals noch kein Problem dar.

In Bad Vöslau sah die Sache schon ein wenig anders aus. Da griff sie der mobilen Friseurin während des Eindrehens der Haare in die Lockenwickler und konnte absolut nicht stillhalten. Also beschloss ich, von nun an meine Mutter zu mir nach Hause zu nehmen und ihr selbst die Haare zu schneiden. Ich verfrachtete sie in die Badewanne und konnte so bei einem entspannenden Bad bequem die Haare waschen. Anschließend legte ich eine Schallplatte mit Operettenmusik auf und begann, ihr die Haare zu schneiden.

Die Musik beruhigte sie ungemein, sie konnte sogar noch verschiedene Lieder nachsingen, was mich sehr erstaunte, denn beim Sprechen tat sie sich schon schwer. Das Langzeitgedächtnis hatte also noch nicht so sehr gelitten. Zweimal schaffte ich es, ihr auf diese Weise eine Dauerwelle zu verpassen, dann aber war die Prozedur für sie auch schon zu anstrengend.

Beim nächsten Mal schnitt ich ihr die Haare so kurz, dass man sie nicht mehr eindrehen musste. Das war für sie jetzt wirklich die einzige Möglichkeit, gepflegt auszusehen, denn der kurze Haarschnitt passte ihr sehr gut, und die Haare mussten auch nicht mehr gefärbt werden, da meine

Mutter inzwischen vollkommen ergraut war.

Einmal, als ich meine Mutter wieder über Mittag zur Haarpflege bei mir hatte, läutete das Nachbarskind bei uns an. Es bat mich, bei uns warten zu dürfen, bis seine Mutter nach Hause kam, da es keinen eigenen Schlüssel hatte. Anschließend kehrte mein Sohn von der Schule heim und tollte mit dem Nachbarsmädchen ein wenig umher. Das machte meine Mutter nervös. Sie stand immer wieder auf und ging in den Vorraum. Dann läutete es wieder und die Mutter der Kleinen war vor der Gartentüre. Sie wollte nicht hereinkommen und plauderte ein paar Worte mit mir über den Balkon. In diesen wenigen Minuten stand meine Mutter abermals auf, ging hinaus und fiel prompt über die Stufen.

Ich war zutiefst erschrocken, ich hatte Angst vor einer neuerlichen Verletzung meiner Mutter. Gerade erst war ihr gebrochenes Schlüsselbein nach langer Zeit endlich verheilt. Sie hatte in dieser Zeit viele Unannehmlichkeiten, vor allem aber massive Bewegungseinschränkungen hinnehmen müssen.

Zum Glück blieben die Knochen diesmal heil, sie saß nur auf der untersten Stufe der Treppe und weinte vor Schreck. Meiner Nachbarin jedoch war diese Situation sehr unangenehm. Sie konnte wirklich nichts dafür, sie konnte ja nicht wissen, dass meine Haustüre nicht verschlossen war. Sie half mir, meine Mutter aufzuheben und ins Haus zu begleiten.

Von nun an ließ ich meine Mutter nicht mehr aus den Augen und sperrte vor allem die Haustüre zu, wenn sie bei mir zu Besuch war, damit so etwas nicht mehr passieren konnte.

gibt es ein Problem
und du kannst es nicht lösen
dann lebe damit

Schon wieder Zahnprobleme

An einem Montagmorgen rief mich die Betreuerin meiner Mutter an und teilte mir mit, dass diese ihre untere Zahnprothese verloren hätte. Ich fuhr sofort ins Heim und wir suchten gemeinsam an allen möglichen und unmöglichen Stellen nach dem Zahnersatz. Auch die Krankenschwestern suchten in und unter dem Bett, in den Nachbarräumen, im Nachtkästchen, in sämtlichen Mantel- und Hosentaschen meiner Mutter, in allen Aufenthaltsräumen, es war zwecklos. Der Zahnersatz blieb unauffindbar und wir hatten wieder ein Problem.

Ich holte mir einen Termin bei einer sehr guten Zahnärztin in Gainfarn, und somit begann wieder ein langer und anstrengender Leidensweg. Zuerst musste einmal bei der Krankenkasse um einen neuen Zahnersatz angesucht werden. Dann folgte die Tortur bei der Zahnärztin. Am schlimmsten war das Warten im Warteraum. Meine Mutter wurde immer sehr ungeduldig, sie konnte nicht lange sitzen. Dann hörten wir Schmerzensschreie von Kindern im Behandlungsraum, das war auch nicht gerade beruhigend.

Endlich waren wir an der Reihe, da kam das Problem des Gipsabdruckes. Wie macht man einem geistig verwirrten Menschen klar, dass man Mund auf, Mund zu, zubeißen, locker lassen, ausspülen soll, wenn er nicht einmal versteht, dass man sich auf den Behandlungsstuhl hinsetzen muss. Es war eine unendliche Qual für Mutter und natürlich auch für mich.

Dann kamen noch zwei weitere Termine mit Anprobe, Nachschleifen, wieder Mund auf, Mund zu, Wartezeiten, sinnlose Erklärungen, insgesamt dauerte es zwei Monate, bis das Gebiss wieder komplett war. Wieder wurde der

Gaumen wund, also nochmals zum Zahnarzt, Gebiss nachschleifen, Gaumen einpinseln, spülen, wieder nur breiige Kost verabreichen und vor allem Nerven bewahren. Endlich war wieder alles in Ordnung, die Druckstellen des neuen Zahnersatzes ausgeheilt, die Zähne wieder in Ordnung, die Nerven wieder beruhigt, so ging es gerade einmal ein halbes Jahr.

Dann war der Zahnersatz wieder verschwunden. Doch nun gaben wir auf. Wir verzichteten auf einen neuen Zahnersatz, denn nun war das Ganze für meine Mutter wirklich zu anstrengend und nicht mehr Erfolg versprechend.

nichts ist vergeblich
wenn es Freude bereitet
denn es wärmt das Herz

Weihnachten im Familienkreis

Die Adventzeit war für mich immer die stressigste Zeit im Jahr. Abgesehen von Familie, Haushalt und meiner Mutter als zusätzliches Kind, verkaufte ich auch auf diversen Adventmärkten allerlei Eigenprodukte wie hausgemachten Christbaumschmuck, handbemalte Porzellanengel, Ölgemälde in Miniatur, Seidenmalereien, Weihnachtsgestecke und mein Märchenbuch, das ich einmal in Eigenverlag herausgegeben hatte.

Während der Woche kümmerte ich mich um alle und alles, nachts arbeitete ich an meinen Kleinkunstwerken, um meine Adventhütte auszustatten, und am Wochenende stand ich in der Hütte und bot meine Kunstwerke an. Es war für mich Stress pur, aber es kam auch etwas an Anerkennung zu mir zurück. Bei der Herstellung von kleinen Wurzelkrippen oder gewickeltem und gefädeltem Christbaumschmuck konnte ich auch meine Kinder beschäftigen, die mir mit viel Spaß und Leidenschaft halfen. Die Freude war dann immer ganz groß, wenn Stücke verkauft wurden, die meine Kinder hergestellt hatten.

Einmal stand mein Bruder gemeinsam mit meiner Mutter vor meiner Adventhütte. Sie war sehr erstaunt, mich hier zu sehen und freute sich wie ein kleines Kind.

Am 24. Dezember, dem einzigen Tag, an dem ich unser eigenes Weihnachtsfest vorbereiten konnte, fuhr mein Mann schon in aller Frühe mit den Kindern zu seinen Eltern nach Klausen-Leopoldsdorf, wo sie beim Aufputzen des elterlichen Christbaumes halfen. Die Zeit nutzte ich, um in aller Ruhe unseren Christbaum zu schmücken, die Geschenke einzupacken und das Weihnachtsessen vorzubereiten. Am frühen Nachmittag holte ich dann meine Mutter aus dem

Seniorenheim, die schon sehnsüchtig auf mich wartete. Dann tranken wir gemütlich unseren Nachmittagskaffee, naschten meine selbstgebackenen Weihnachtskekse und warteten auf den Rest der Familie, der dann gegen siebzehn Uhr bei uns eintraf.

Meine Mutter strahlte jedes Mal wie eine Schneekönigin, wenn sie den geschmückten und beleuchteten Christbaum sah. Gemeinsam mit den Kindern öffnete sie die Päckchen, soweit sie es noch schaffte und war sehr glücklich über die Geschenke, was immer wir auch für sie ausgesucht hatten. Die größte Freude bereitete ihr bei unserem vorletzten Weihnachtsfest ein kuschelig weicher Teddybär. Den liebte und herzte sie bis zur letzten Stunde ihres Lebens. Heute sitzt er in meinem Schlafzimmer und erinnert mich immer wieder an meinen Leitspruch: Freue dich deines Lebens - es ist schon später als du denkst.

Nach dem Weihnachtsessen brachte ich meine Mutter wieder zurück in die Seniorenpension, wo sie dann glücklich, aber müde einschlief. Um diese Zeit war ich mit dem Auto meistens alleine auf der Straße, da kam ich mir immer trostlos und verlassen vor. Wenn ich dann zu meiner Familie zurückkehrte, feierten wir weiter bis in die Nacht, nur jedes Jahr etwas bedrückter.

Drei Weihnachtsfeste konnte ich meiner Mutter auf diese Weise gestalten. Das letzte Mal feierte ich bei ihr gemeinsam mit ihrer Zimmerkollegin in der Krankenstube, da war sie bereits nicht mehr transportfähig.

Meine Adventhütte in Leobersdorf, 1990

hilflos siehst du zu
wie ein Mensch sich verändert
und du resignierst

Im Krankenhaus

Eines Tages wurde ich via Telefon benachrichtigt, dass meine Mutter im Krankenhaus Baden in der Internen Abteilung lag. Sie war nach dem Duschen zusammengebrochen und hatte vermutlich einen Schwächeanfall. Als ich sie besuchte, lag sie ganz fröhlich im Bett und strahlte mich zahnlos an. Die Zähne hatte man ihr nämlich wegen der Gefahr, daran zu ersticken, vorsorglich herausgenommen. Die Hände waren auf der Seite angebunden und die Nadeln verklebt – so geht man vor, wenn man Sorge hat, dass sich die Patienten die Nadeln wieder herausreißen.

Der zuständige Arzt erklärte mir, meine Mutter sei organisch gesund, sie wurde nur zur Kräftigung an den Tropf gehängt und käme wieder nach zwei Tagen nach Hause. Anscheinend hatte erneut ein Krankheitsschub im Gehirn stattgefunden. Dabei wurde jener Teil des Gehirns außer Kraft gesetzt, der den Blutbahnen befiehlt, die Nährstoffe an den Körper weiterzugeben. So kam alles, was sie an Nahrungsmittel zu sich nahm, unverdaut auf der anderen Seite wieder heraus, und der Körper verlor dadurch an Kraft. Zu diesem Zeitpunkt hatte meine Mutter bereits zwei Drittel ihres Körpergewichtes verloren. Das war der Verlauf der Krankheit, dagegen konnte man nichts tun.

Als meine Mutter zwei Wochen später wieder ihren Zahnersatz verlor, beschlossen wir, ihr den neuerlichen Weg zum Zahnarzt zu ersparen und sie nur mehr breiig zu ernähren. Ihr verändertes Aussehen ohne Zähne und total abgemagert war erschütternd. Eine blühende, attraktive Frau hatte sich in nicht einmal vier Jahren zu einer Greisin verwandelt.

Meine Mutter sah mit knapp achtundsechzig Jahren aus wie neunzig Jahre, schlohweißes Haar, mager, kraftlos und eingefallen. Ihr vormals kräftiges Gesicht war so klein geworden, dass es mittlerweile in meine Hand passte.

sichtbar das Ende
doch Trost kann dir nur geben
sie war nicht allein

Rückkehr nach Baden

Im Oktober 1992 bat mich die Leiterin der Seniorenpension zu sich und teilte mir mit, dass meine Mutter bereits zu schwach sei, um über die Stufen des Hauses in Bad Vöslau zu gehen. Ich hatte selbst auch schon bemerkt, wie schwierig es für sie war, die Füße zu heben und sich alleine fortzubewegen. So beschlossen wir, meine Mutter wieder zurück in die Seniorenpension nach Baden, doch diesmal in die Krankenstube, umzusiedeln. Hier befanden sich zwar vier Leute im Raum, aber die Kranken konnten besser versorgt werden, da man von allen Seiten zum Bett gelangen konnte.

Für mich war das bereits der Anfang vom Ende, denn es hat selten ein Patient die Krankenstube wieder lebend verlassen. Als ich meine Mutter in Baden besuchte, lag neben ihr eine alte Frau im Luftkissenbett. Die Luftkissenbetten hatten den Sinn, dass Patienten, die das Bett nicht mehr verlassen konnten, nicht wundlagen. Ich weiß nicht mehr, woran diese Frau litt, eines aber blieb mir in Erinnerung: Eine Woche später war das Bett leer. In der Zeit, in der meine Mutter in der Krankenstube einquartiert war, wechselte dreimal die Nachbarschaft.

Es war auch die Zeit, in der ich den Heiligen Abend mit ihr und ihrer Zimmergefährtin in der Krankenstube feierte. Wir naschten gemeinsam selbstgebackene Weihnachtskekse und tranken dazu ein kleines Fläschchen Sekt. Den Hausanzug in Körpergröße 34, den ich ihr als Weihnachtsgeschenk mitgebracht hatte, habe ich nicht ganz zwei Monate später ungetragen wieder zurückbekommen.

In dieser Zeit habe ich mich wieder alleine um meine Mutter gekümmert, den Kindern wollte ich ihren Anblick nicht mehr zumuten, denn es war mir wichtig, dass diese unbeschwert und fröhlich aufwachsen. Meine Mutter erkannte mich erstaunlicherweise noch immer. Sie strahlte mich an, wenn ich sie besuchte, ihr Teddybär war stets an ihrer Seite und wärmte ihr das Herz.

Im Jänner 1993 gelang es mir noch, mit ihr eine kleine Runde durch den Park zu gehen. Eine Woche später lag auch sie im Luftkissenbett. Ich betete darum, dass sie nicht allzu lange leiden müsse, denn nun war der Zeitpunkt gekommen, wo sie nichts mehr vom Leben hatte.

Am fünften Februar 1993 kam dann der letzte Anruf aus dem Seniorenheim: „Ihre Mutter ist heute verstorben". Sie hatte einfach zu atmen vergessen. Es war das Jahr, in dem sie 70 Jahre alt geworden wäre.

Nachsatz

Ich erlebte die Alzheimer-Krankheit meiner Mutter fünf Jahre lang intensiv mit. Es war für uns alle eine sehr schwere und leidvolle Zeit, doch durch viel Liebe und Zuwendung hat meine Mutter die letzten Jahre ihres Lebens eigentlich nicht wirklich unglücklich verbracht.

Der Verlauf der Krankheit ist nicht immer gleich, bei meiner Mutter folgten die Krankheitsschübe relativ rasch aufeinander. Bei jedem Schub wird ein anderer Teil des Gehirns außer Gefecht gesetzt. Viele Patienten müssen bei lebendigem Leib verhungern, da das Gehirn den Schluck-Befehl nicht mehr weitergibt. Sie werden im Krankenhaus künstlich ernährt, ich nehme an, durch eine Bauchsonde. Was das für diese armen Menschen bedeutet, ist nachvollziehbar.

Meine Mutter konnte bis zum Ende ihres Lebens schlucken und musste nicht künstlich am Leben erhalten werden. Sie hatte auch keinen Todeskampf, denn sie schlief friedlich ein. Das Wichtigste aber ist: Sie war bis zu ihrem Tode glücklich, denn sie erfuhr nie, dass sie an Alzheimer erkrankt war. Sie war auch bis zu ihrem Ende nicht alleine und hatte immer Menschen um sich, die sich um sie kümmerten. Sie konnte sich auch noch sehr lange an ihren Enkelkindern erfreuen, die sie sehr liebte.

So kam für sie das Sprichwort zur Anwendung: Der Mensch geht so von der Welt, wie er gelebt hat. Meine Mutter war immer ein guter und fürsorglicher Mensch, und so durfte sie auch umhegt und umsorgt die Welt verlassen.

Für uns alle war es eine Zeit des Lernens. Ich lernte, jeden Tag meines Lebens zu schätzen und mir etwas Positives heraus zu holen. Meine Familie lernte, Rücksicht zu nehmen. Mein Mann machte Jahre später Ähnliches mit seinen Eltern mit, die zwar nicht an Alzheimer erkrankt waren, aber ebenfalls bis zum Lebensende einer intensiven Pflege bedurften. Er und ich sind jetzt in dem Alter, in dem die Demenz meiner Mutter begonnen hatte. Wir arbeiten täglich an uns durch positive Lebenseinstellung, durch Neugierde und Wissensdurst, durch körperliche Bewegung und vor allem durch viel Humor und Zukunftspläne, damit unser Geist nicht erschlafft. Wir haben uns angewöhnt, keine Aktivitäten für später aufzuheben, denn unser Leitsatz ist nach wie vor: Freue dich deines Lebens - es ist schon später als du denkst.

Danksagung

Dass dieses Buch nach langjährigen Überlegungen entstehen konnte, dafür möchte ich folgenden Menschen herzlich danken:

In erster Linie meinem Sohn Andreas Loydold, der sich so manche Nacht um die Ohren schlug, um mit mir in mühevoller Kleinarbeit dieses Buch Satz für Satz durchzugehen und zu gestalten. Er ist auch verantwortlich für die Fotobearbeitung und das Layout. Ohne ihn wäre dieses Buch für mich eine Illusion geblieben.

Ganz besonderer Dank gilt Frau OStR Mag. Prof. Ingrid Natterer, die das Lektorat für dieses Buch mit großer Kompetenz und Genauigkeit durchgeführt hat.

Weiters danke ich meiner Cousine Alice Renate Flatscher, die sich Zeit nahm, mein Manuskript nach Stil und Grammatik zu überarbeiten.

Meiner Tochter Michaela Neuhofer und meinem Schwiegersohn Martin Neuhofer danke ich für das Durchlesen meines Manuskripts und für ihre wertvollen Anregungen.

Herzlichen Dank auch an meine Schwägerin Lieselotte Brandweiner, der ich mein Manuskript zum Lesen gegeben habe, für ihre positive Einstellung zu meinem Buch.

Ich danke Frau Andrea Kurz, die mir nach Lesung meines Manuskriptes viele hilfreiche Verbesserungsvorschläge übermittelt hat.

Außerdem danke ich Frau Liane Jakel, der Leiterin der Seniorenpension Gambrinus für das Lesen des Manuskripts und ihre Zustimmung zum Entstehen dieses Buches.

Last but not least danke ich meinem Mann, der mich mit viel Geduld auf meinem schwierigen Weg zur Herstellung des Buches begleitete.